KB105922

오늘의 시인 총서 앤솔로지

밤이면

건방진 책을 읽고

라디오를 들었다

편집부 엮음

김수영 김준수 김소연 이소부 강은교 장정일 희연

민음사

시를 잊은 사람들에게

심상(心象)이라는 단어를 처음 들었던 날이 아직도 생생하게 기억납니다. 중학교 1학년 국어 수업 시간이었습니다. 등을 보인 채 뒤돌아선 선생님은 칠판에다 커다랗게 '심상' 두 글자를 적었습니다. 그때까지 저는 그렇듯 무료해 보이는 단어가 세상에 있는 줄도 몰랐습니다. 당연히 사용해 본 적도 없었고요. 같은 반 아이들도 마찬가지였을 거예요. 지나고 나서 보니 알고 있다 한들 설명하기에는 꽤나 까다로운 단어라는 생각도 들지만 말입니다.

다시 학생들을 향해 돌아선 선생님이 말을 이었습니다. 심상이란 마음에 그려진 무늬 같은 거라고요. 시를 읽으면 우리 마음에는 무늬가 생기는데, 눈에 보이는 것처럼 생생하면 시각적 심상, 손으로 만지는 것처럼 생생하면

촉각적 심상, 소리가 들리는 것 같으면 청각적 심상, 이따금 두 개 이상의 감각이 함께 나타나는 경우도 있는데 그럴 땐……

지금도 그날의 풍경을 기억하는 이유를 단어가 주는 생소함 때문이라고만은 할 수 없겠습니다. 돌이켜보면 어떤 수업도 '마음'에 대한 이야기로 시작했던 것 같지는 않습니다. 시를 읽으면 네 마음에 무언가가 떠오를 거야. 그걸 잘 따라가 봐. 상상해 보고, 이해하려고 노력해 봐. 대체로 그 수업의 영향이겠지만, 시에 대한 수많은 정의에도 불구하고 제게 시란 마음에 무늬를 일으키는 사건입니다.

고백건대 저는 모든 국어 선생님을 좋아했고, 그건 문학 수업만이 들끓던 제 사춘기 시절을 해명해 주는 시간이었기 때문입니다. 형용할 수 없는 것들에 대해 노래하는 승인받지 않은 ─승인을 필요로 하지 않는─ 언어들만이 정처 없는 제 감정들의 보호자가 되어 주었습니다. 소설을 읽으며 세상에 질문하는 법을 배웠다면 시를 읽으며 나에게 질문하는 법을 배웠습니다. 시를 읽지 않았다면? 저는 저의 보호자가 되기를 일찌감치 포기했을 것입니다.

그러나 마음에 일어나는 무늬를 관찰하기에 세상은 너무 강퍅했습니다. 시험도 쳐야 했고 친구도 사귀어야 했고 학원도 가야 했거든요. 꼭 그런 이유가 아니더라도 세상에 읽어야 할 것들이 너무 많기도 했고요. 시를 그리워하는 사람들은 하나같이 이렇게 말합니다. 시를 좋아했지만 이젠 좋아하는 법을 잊어버린 것 같다고요. 그 말에는 이런 바람도 생략되어 있을 거라고 짐작합니다. 할 수만 있다면 다시 시를 좋아하고 싶다고. 이번에는 정답에 구애받지 않고, 자신에게 질문하기 위해 직접 읽어 보고 싶다고.

'오늘의 시인 총서'는 민음사에서 발행하고 있는 시 선집 시리즈입니다. 1974년에 출간된 김수영 시선집 『거대한 뿌리』가 1번이었죠. 어느새 50년에 가까운 시간이 흘렀습니다. 한국 현대 시사에 굳건히 자리잡은 시인들의 시를 선별한 선집인 만큼 당대는 물론 이후에도 독자들의 꾸준한 사랑을 받고 있습니다. 더 낯설고 더 새로운 감각들의 출현을 기다리는 사이, 오래된 시를 낯설고 새롭게 바라보는 시선 또한 포기할 수 없는 정신임을 상기하며 '오늘의 시인 총서' 앤솔로지를 선보입니다. 김수영, 김춘수, 김종삼, 이성부, 강은교, 장정일을 비롯해 내년 출간을 앞둔 허연까지, 일곱 명의 시인이 보여 주는 일곱 개의 언어 속에서 시에 대한 질문을 완성해 볼 수도 있겠습니다.

시란 무엇일까요?

시는 파격입니다. 김수영 시의 파격성은 모더니즘의 본성이라 할 수 있는 파격과 결을 같이 합니다. 모더니즘은

기존의 합리성과 전통적 신념을 거부합니다. 그 자리에
개인이라는 새로운 기준, 도시 문명이 가져다준 인간성
상실이 들어섭니다. "씹이다 통일도 중립도 개좆"(「거대한
뿌리」)이라고 일갈하는 김수영의 시는 무엇이 시어이고
무엇은 시어가 아닌지에 대한 기준을 해체하며 기준의
토대를 의심합니다. 현대 문명의 출현과 그것을 바라보는
인식은 "무수한 반동"으로 전복의 전복을 거듭하는 가운데
"공통된 그 무엇을" 위해서가 아니라 "너도 나도 스스로
돌기 위해"서만 눈물 흘립니다. 그에게 모더니즘은 미학적
방법만이 아니라 세계를 이해하는 태도였고 철학이었으며
삶 그 자체였습니다. 모더니즘의 생생한 현장으로서
김수영의 시가 한국 현대시의 뿌리라고 여겨지는
이유입니다.

시는 자유롭습니다. 이때의 자유는 언어로부터의
자유이자 언어로 규정된 사물로부터의 자유를 모두
지칭합니다. "내가 그의 이름을 불러 주기 전에는/ 그는
다만/ 하나의 몸짓에 지나지 않았다."(「꽃」) 시인 김춘수를
모르는 사람도 이 유명한 구절만은 들어 본 적이 있을
것입니다. 김춘수는 언어가 갖는 의미보다 언어의 존재에
깊이 천착함으로써 시가 할 수 있는 사유의 진폭을 다른
차원으로 옮겨 놓았습니다. 사물에 대한 인식을 회의하고,
사물과 언어의 관계를 회의하는 가운데, 언어는 쓰임에
제한되지 않는 순수 언어를 회복하는 동시에 아직 한 번도

쓰이지 않은 언어가 되기도 합니다.

시는 침묵합니다. 많은 말을 필요로 하지 않죠. 김종삼의 시를 '보고' 있으면 여백으로 가득한 동양화 앞에 선 것처럼 조용해집니다. 그리고 이내 침묵 속에 깃든 적막한 아름다움에 온몸이 전율합니다. 소 목덜미에 손을 얹힌 할머니가 나즈막하게 읊조립니다. 우리 둘, 오늘 하루도 이렇게 무던히 지나왔다고. 발잔등 부어 가며 고되게 지나왔다고.(「묵화」) "내용 없는 아름다움"이란 이런 것이고, 이런 것이 또한 시가 아닐까요. 전부 다 알 것 같은 침묵을 여백으로 안고 있는 시. 내용을 필요로 하지 않는 아름다움이 바로 시라는 미학임을 깨닫습니다.

시는 모두의 것입니다. 개인을 발견하는 것이 시라고는 하나, 개인을 초과하는 공적 존재가 필요할 때 시는 개인을 결합시킵니다. "벼는 서로 어우러져/ 기대고 산다"(「벼」)라는 구절로 잘 알려진 이성부의 시를 관통하는 것은 가장 공적인 개인입니다. 개인의 감정이 사회의 산물이기도 하다는 점에서 이성부의 공적 인간은 또한 가장 정치한 사적 인간이기도 합니다. 그러므로 이성부 시의 화자들은 밤이 되면 건방진 책을 읽고 라디오를 들으며 "우리들의 양식"을 습득합니다. 이성부에게는 시를 쓰는 마음이야말로 공적인 동시에 사적인 인간으로 살아가기 위한 수행의 핵심이었습니다. 시로 만나는 공동체의 정동을 이성부에게서 찾을 수 있습니다.

시는 먼지입니다. 이제 시대와 개인 사이에 있던 개인은 자유롭게 자신의 방향을 설정하는 동시에 추상화됩니다. 강은교의 시는 존재의 바닥을 흐르는 허무의 심연을 통찰하는 허무의 주체를 발견합니다. 시인은 우리의 적이 "전쟁"이나 "부자유"가 아니라고 말합니다. 오히려 우리의 적은 "끊어지지 않는 희망"이거나 "매일밤 고쳐 꾸는 꿈", 무엇보다 "아직 살아 있음"이라는 것입니다. 왜 시인은 이 좋은 것들을 오히려 적이라고 규정할까요. 인간의 실존은 허무, 공허, 즉 의미의 세계와 싸우지 않으면 금새 추락하고 말기 때문일 것입니다. 강은교의 시는 허무와 싸우는 인간 실존의 왜소하고도 위대한 역사를 씁니다.

시는 뒷면을 비춥니다. 장정일의 시집 『햄버거에 대한 명상』은 소비시대로 변모해 가는 세상의 풍속을 재치 있게 풍자합니다. 그의 시에 등장하는 화자는 "현존하는 유일한 요정은 샴푸 요정"이라고 생각하며 매일 저녁 티비 속 광고에 15초간 등장하는 모델 "샴푸의 요정"을 사랑하는가 하면, 그가 쓴 다른 시는 '가정 요리서로 쓸 수 있게 만들어진 시'를 라는 부제를 달고 있을 뿐만 아니라 시의 내용이 햄버거 레시피로 이루어져 있습니다. 매끈하고 효율적인 세상을 살아가는 '현대인'들의 이면에는 이렇듯 군색하고 처량한 초상들이 우리를 응시하고 있습니다.

시는 비명입니다. 그것도 외마디 비명. 허연의 시를 이루는 배경에는 도시와 도시인의 우울이 있습니다. 그의 시가 포착하는 도시인의 내면은 일상과 비일상이 가까스로 공존하는 불안의 전초기지로, 그들은 언제나 자기와의 전시 상태에 처해 있습니다. 자신을 인정할 수도 없고 인정하지 않을 수도 없는 복잡한 인간 내면의 심리적 상흔으로서 그의 시가 스스로에게 불행을 명령하는 존재론적 공황에 다다를 때, 그들이 내는 외마디 비명은 현대인의 출구 없음에 대한 쓸쓸하고도 정확한 발화를 의미합니다. 군중 속에 흡수되어 흔적 없이 사라진다고 하더라도 그때 그 비명들은 이곳이 미로였음을 증명합니다.

소설을 읽으며 세상에 질문하는 법을 배운다면 시를 읽으며 우리는 나 자신에게 질문하는 법을 배웁니다. 시가 내 마음에 일으키는 무늬가 무엇인지, 패턴의 질서와 그러한 질서가 의미하는 바가 무엇인지 누구도 나 대신 말해 주지 않기 때문입니다. 심상을 문학 수업, 그중에서도 시 수업의 제1원리처럼 설명했던 선생님은 지금 어디서 무슨 시를 읽으며 살아가고 있을까요? 선생님을 다시 만나게 된다면 이야기하고 싶습니다. 그날 이후, 시를 읽을 땐 언제나 심장에서 출발한다고요. 때로는 착한 학생처럼, 때로는 불량한 학생처럼.

차례

김종삼

이성부

강은교

장정일

허연

김수영

작품 출처: 김수영, 『거대한 뿌리』(민음사, 1974)

달나라의 장난

팽이가 돈다
어린아이이고 어른이고 살아가는 것이 신기로워
물끄러미 보고 있기를 좋아하는 나의 너무 큰 눈 앞에서
아이가 팽이를 돌린다
살림을 사는 아이들도 아름다웁듯이
노는 아이도 아름다워 보인다고 생각하면서
손님으로 온 나는 이 집 주인과의 이야기도 잊어버리고
또 한 번 팽이를 돌려주었으면 하고 원하는 것이다
도회 안에서 쫓겨다니는 듯이 사는
나의 일이며
어느 소설보다도 신기로운 나의 생활이며
모두 다 내던지고
점잖이 앉은 니의 나이와 나이가 준 나의 무게를
생각하면서
정말 속임 없는 눈으로
지금 팽이가 도는 것을 본다
그러면 팽이가 까맣게 변하여 서서 있는 것이다
누구 집을 가 보아도 나 사는 곳보다는 여유가 있고
바쁘지도 않으니

마치 별세계같이 보인다

팽이가 돈다

팽이가 돈다

팽이 밑바닥에 끈을 돌려 매니 이상하고

손가락 사이에 끈을 한끝 잡고 방바닥에 내어던지니

소리없이 회색빛으로 도는 것이

오래 보지 못한 달나라의 장난같다

팽이가 돈다

팽이가 돌면서 나를 울린다

제트기 벽화 밑의 나보다 더 뚱뚱한 주인 앞에서

나는 결코 울어야 할 사람은 아니며

영원히 나 자신을 고쳐가야 할 운명과 사명에 놓여 있는

이 밤에

나는 한사코 방심조차 하여서는 아니될 터인데

팽이는 나를 비웃듯이 돌고 있다

비행기 프로펠러보다는 팽이가 기억이 멀고

강한 것보다는 약한 것이 더 많은 나의 착한 마음이기에

팽이는 지금 수천 년 전의 성인과 같이

내 앞에서 돈다

생각하면 서러운 것인데

너도 나도 스스로 도는 힘을 위하여

공통된 그 무엇을 위하여 울어서는 아니된다는 듯이

서서 돌고 있는 것인가

팽이가 돈다
팽이가 돈다

푸른 하늘을

.

푸른 하늘을 제압하는
노고지리가 자유로웠다고
부러워하던
어느 시인의 말은 수정되어야 한다

자유를 위해서 비상하여 본 일이 있는
사람이면 알지
노고지리가
무엇을 보고
노래하는가를
어째서 자유에는
피의 냄새가 섞여 있는가를
혁명은

왜 고독한 것인가를

혁명은
왜 고독해야 하는 것인가를

거대한 뿌리

나는 아직도 앉는 법을 모른다
어쩌다 셋이서 술을 마신다 둘은 한 발을 무릎 위에 얹고
도사리지 않는다 나는 어느새 남쪽식으로
도사리고 앉았다 그럴 때는 이 둘은 반드시
이북 친구들이기 때문에 나는 나의 앉음새를 고친다
8·15 후에 김병욱이란 시인은 두 발을 뒤로 꼬고
언제나 일본 여자처럼 앉아서 변론을 일삼았지만
그는 일본 대학에 다니면서 4년 동안을 제철회사에서
노동을 한 강사다

나는 이사벨 버드 비숍 여사와 연애하고 있다 그녀는
1893년에 조선을 처음 방문한 영국왕립지학협회
회원이다

그녀는 인경전의 종소리가 울리면 장안의
남자들이 사라지고 갑자기 부녀자의 세계로
화하는 극적인 서울을 보았다 이 아름다운 시간에는
남자로서 거리를 무단통행할 수 있는 것은 교군꾼,
내시, 외국인의 종놈, 관리들뿐이다 그리고
심야에는 여자는 사라지고 남자가 다시 오입을 하러
활보하고 나선다고 이런 기이한 관습을 가진 나라를
세계 다른 곳에서는 본 일이 없다고
천하를 호령한 민비는 한번도 장안 외출을 하지
못했다고……

전통은 아무리 더러운 전통이라도 좋다 나는 광화문
네거리에서 시구문 진창을 연상하고 인환(寅煥)네
처갓집 옆의 지금은 매립한 개울에서 아낙네들이
양잿물 솥에 불을 지피며 빨래하던 시절을 생각하고
이 우울한 시대를 파라다이스처럼 생각한다
버드 비숍 여사를 안 뒤부터는 썩어 빠진 대한민국이
괴롭지 않다 오히려 황송하다 역사는 아무리
더러운 역사라도 좋다
진창은 아무리 더러운 진창이라도 좋다
나에게 놋주발보다도 더 쨍쨍 울리는 추억이
있는 한 인간은 영원하고 사랑도 그렇다

비숍 여사와 연애를 하고 있는 동안에는 진보주의자와
사회주의자는 네에미 씹이다 통일도 중립도 개좆이다
은밀도 심오도 학구도 체면도 인습도 치안국
으로 가라 동양척식회사, 일본영사관, 대한민국관리,
아이스크림은 미국놈 좆대강이나 빨아라 그러나
요강, 망건, 장죽, 종묘상, 장전, 구리개 약방, 신전,
피혁점, 곰보, 애꾸, 애 못 낳는 여자, 무식쟁이,
이 모든 무수한 반동이 좋다
이 땅에 발을 붙이기 위해서는
── 제3인도교의 물속에 박은 철근 기둥도 내가 내 땅에
박는 거대한 뿌리에 비하면 좀벌레의 솜털
내가 내 땅에 박는 거대한 뿌리에 비하면

괴기영화의 맘모스를 연상시키는
까치도 까마귀도 응접을 못하는 시꺼먼 가지를 가진
나도 감히 상상을 못하는 거대한 거대한 뿌리에
비하면……

현대식 교량

현대식 교량을 건널 때마다 나는 갑자기 회고주의자가
된다
이것이 얼마나 죄가 많은 다리인 줄 모르고
식민지의 곤충들이 24시간을
자기의 다리처럼 건너다닌다
나이 어린 사람들은 어째서 이 다리가 부자연스러운지를
모른다
그러니까 이 다리를 건너갈 때마다
나는 나의 심장을 기계처럼 중지시킨다
(이런 연습을 나는 무수히 해 왔다)

그러나 문제는 이러한 반항에 있지 않다
저 젊은이들의 나에 대한 사랑에 있다

아니 신용이라고 해도 된다
「선생님 이야기는 20년 전 이야기이지요」
할 때마다 나는 그들의 나이를 찬찬히
소급해가면서 새로운 여유를 느낀다
새로운 역사라고 해도 좋다

이런 경이는 나를 늙게 하는 동시에 젊게 한다
아니 늙게 하지도 젊게 하지도 않는다
이 다리 밑에서 엇갈리는 기차처럼
늙음과 젊음의 분간이 서지 않는다
다리는 이러한 정지의 증인이다
젊음과 늙음이 엇갈리는 순간
그러한 속력과 속력의 정돈(停頓) 속에서
다리는 사랑을 배운다
정말 희한한 일이다
나는 이제 적을 형제로 만드는 실증(實證)을
똑똑하게 천천히 보았으니까!

사랑의 변주곡

욕망이여 입을 열어라 그 속에서
사랑을 발견하겠다 도시의 끝에
사그러져 가는 라디오의 재잘거리는 소리가
사랑처럼 들리고 그 소리가 지워지는
강이 흐르고 그 강 건너에 사랑하는
암흑이 있고 3월을 바라보는 마른 나무들이
사랑의 봉오리를 준비하고 그 봉오리의
속삭임이 안개처럼 이는 저쪽에 쪽빛 산이

사랑의 기차가 지나갈 때마다 우리들의
슬픔처럼 자라나고 도야지우리의 밥찌끼
같은 서울의 등불을 무시한다
이제 가시밭, 넝쿨장미의 기나긴 가시가지

까지도 사랑이다

왜 이렇게 벅차게 사랑의 숲은 밀려닥치느니
사랑의 음식이 사랑이라는 것을 알 때까지

난로 위에 끓어오르는 주전자의 물이 아슬
아슬하게 넘지 않는 것처럼 사랑의 절도는
열렬하다
간단(間斷)도 사랑
이 방에서 저 방으로 할머니가 계신 방에서
심부름하는 놈이 있는 방까지 죽음 같은
암흑 속을 고양이의 반짝거리는 푸른 눈망울처럼
사랑이 이어져 가는 밤을 안다
그리고 이 사랑을 만드는 기술을 안다
눈을 떴다 감는 기술 — 불란서혁명의 기술
최근 우리들이 4·19에서 배운 기술
그러나 이제 우리들은 소리내어 외치지 않는다

복사씨와 살구씨와 곶감씨의 아름다운 단단함이여
고요함과 사랑이 이루어놓은 폭풍의 간악한
신념이여
봄베이도 뉴욕도 서울도 마찬가지다
신념보다도 더 큰

내가 묻혀 사는 사랑의 위대한 도시에 비하면
너는 개미이냐

아들아 너에게 광신을 가르치기 위한 것이 아니다
사랑을 알 때까지 자라라
인류의 종언의 날에
너의 술을 다 마시고 난 날에
미대륙에서 석유가 고갈되는 날에
그렇게 먼 날까지 가기 전에 너의 가슴에
새겨 둘 말을 너는 도시의 피로에서
배울 거다
이 단단한 고요함을 배울 거다
복사씨가 사랑으로 만들어진 것이 아닌가 하고
의심할 거다!
복사씨와 살구씨가
한번은 이렇게
사랑에 미쳐 날뛸 날이 올 거다!
그리고 그것은 아버지 같은 잘못된 시간의
그릇된 명상이 아닐 거다

김춘수

작품 출처: 김춘수, 『처용』(민음사, 1974)

꽃

내가 그의 이름을 불러 주기 전에는
그는 다만
하나의 몸짓에 지나지 않았다.

내가 그의 이름을 불러 주었을 때
그는 나에게로 와서
꽃이 되었다.

내가 그의 이름을 불러 준 것처럼
나의 이 빛깔과 향기에 알맞는
누가 나의 이름으로 불러다오.
그에게로 가서 나도
그의 꽃이 되고 싶다.

우리들은 모두
무엇이 되고 싶다.
너는 나에게 나는 너에게
잊혀지지 않는 하나의 눈짓이 되고 싶다.

꽃을 위한 서시

나는 시방 위험한 짐승이다.
나의 손이 닿으면 너는
미지의 까마득한 어둠이 된다.

존재의 흔들리는 가지 끝에서
너는 이름도 없이 피었다 진다.
눈시울에 젖어드는 이 무명(無名)의 어둠에
추억의 한 접시 불을 밝히고
나는 한밤 내 운다.

나의 울음은 차츰 아닌 밤 돌개바람이 되어
탑을 흔들다가
돌에까지 스미면 금이 될 것이다.

······얼굴을 가린 나의 신부여.

눈에 대하여

눈을 희다고만 할 수는 없다.

눈은

우모(羽毛)처럼 가벼운 것도 아니다.

눈은 보기보다는 무겁고,

우리들의 영혼에 묻어 있는

어떤 사나이의 검은 손때처럼

눈은 섬을 수도 있다.

눈은 검을 수도 있다.

눈은 물론 희다.

우리들의 말초신경에 바래고 바래져서

눈은

오히려 병적으로 희다.

우리들이 일곱 살 때 본

복동이의 눈과 수남이의 눈과
삼동(三冬)에도 익던 서정의 과실들은
이제는 없다. 이제는 없다.
만 톤의 우수를 싣고
바다에는
군함이 한 척 닻을 내리고 있다.

뭇 발에 밟히어 진탕이 될 때까지
눈을 희다고만 할 수는 없다.
눈은
우모처럼 가벼운 것도 아니다.

시 1

동체에서 떨어져 나간 새의 날개가
보이지 않는 어둠을 혼자서 날고
한 사나이의 무거운 발자국이 지구를 밟고 갈 때
허물어진 세계의 안쪽에서 우는
가을 벌레를 말하라.
아니
바다의 순결했던 부분을 말하고
베고니아의 꽃잎에 듣는
아침 햇살을 말하라.
아니
그을음과 굴뚝을 말하고
겨울 습기와
한강변의 두더지를 말하라.

동체에서 떨어져 나간 새의 날개가
보이지 않는 어둠을 혼자서 날고
한 사나이의 무거운 발자국이
지구를 밟고 갈 때.

시 2

구름은 바보,
내 발바닥의 티눈을 핥아 주지 않는다.
핥아 주지 않는다. 내 겨드랑이에서 듣는
땀방울은 오갈피나무의 암갈색,
솟았다간 쓰러지는
분수의 물보래야, 너는
그의 살을 탐내지 마라.
대학 본관 드높은 지붕 위의
구름은 바보.

김종삼

작품 출처: 김종삼, 『북치는 소년』(민음사, 1974)

북 치는 소년

내용 없는 아름다움처럼

가난한 아희에게 온
서양 나라에서 온
아름다운 크리스마스 카드처럼

어린 양들의 등성이에 반짝이는
진눈깨비처럼

묵화

물 먹는 소 목덜미에
할머니 손이 얹혀졌다.
이 하루도
함께 지났다고,
서로 발잔등이 부었다고,
서로 적막하다고,

문장 수업

헬리콥터가 떠 간다
철둑길 연변으론
저녁 먹고 나와 있는 아이들이 서 있다
누군가 담배를 태는 것 같다
헬리콥터 여운이 띄엄하다
김매던 사람들이 제 집으로 돌아간다
고무신짝 끄는 소리가 난다
디젤 기관차 기적이 서서히 꺼진다

산

샘물이 맑다 차갑다 해발 3천 피트이다

온통

절경이다

새들의 상냥스런 지저귐 속에

항상 마음씨 고왔던

연인의 모습이 개입한다

나는 또다시

가슴 에이는 머저리가 된다

서시

헬리콥터가 지나자
밭이랑이랑
들꽃들이랑
하늬바람을 일으킨다
상쾌하다
이곳도 전쟁이 스치어 갔으리라

이성부

작품 출처: 이성부, 『우리들의 양식』(민음사, 1974)

우리들의 양식

모두 서둘고, 침략처럼 활발한 저녁
내 손은 외국산 베니어를 만지면서
귀가하는 길목의 허름한 자유와
뿌리 깊은 거리와 식사와
거기 모인 구리빛 건강의 힘을 쌓아 둔다.
톱날에 잘려지는 베니어의 섬세,
쾌락의 깊이보다 더 깊게
파고 들어가는 노을녘의 기교들.
잘 한다 잘 한다고 누가 말했어.
한 손에 석간을 몰아 쥐고
빛나는 구두의 위대를 남기면서
늠름히 돌아보는 젊은 아저씨.
역사적인 집이야, 조심히 일하도록.

흥, 나는 도무지 엉터리 손발이고
밤이면 건방진 책을 읽고 라디오를 들었다.
함마 소리, 자갈 나르는 아낙네가 십여 명,
몇 사람의 남자는 철근은 정돈한다.
순박하고 땀에 물든 사람들
힘을 사랑하고, 배운 일을 경멸하는 사람들,
저녁상과 젊은 아내가 당신들을 기다린다.
일찍 돌아간다고 당신들은 뱉어 내며
그러나 어딘가 거쳐서 헤어지는
그 허술한 공복
어쩌면 번쩍이는 누우런 연애.
거기엔 입, 입들이 살아 있고 천재가 살아 있다.
아직은 숙달되지 못한 노오란 나의 음주,
친구에게는 단호하게 지껄이며
나도 또한 제왕처럼 돌아갈 것이다.
늦도록 잠을 잃고 기다리던 내 아내
문밖에 나와 서 있는 그 사람
비틀거리며 내 방에 이르면
구석 어딘가에 저녁에 죽어 있다.
아아, 내 톱날에 잘려지는 외국산 나무들.
외롭게 잘려서, 얼굴을 내놓는 김치, 깍두기,
차고 미끄러운, 된장국 시간.
베니어는 잘려 나가고

무거운 내 머리, 어제 읽은 페이지가 잘려 나간다.
허리 부러진 흙의 이야기
활자들도 하나씩 기어서 달아나는
뒹구는 낱말, 그 밥알들을 나는 먹겠지.
상을 물리고 건방진 책을 읽기 위하여
나는 잠시 아내를 멀리하면
바람이 차네요, 그만 주무셔요.
퍽 언짢은 자색 이불 속에 누워
아내는 몇 차례 몸을 뒤채지만
젊은 아내여 내가 들고 오는 도시락의 무게를
구멍난 내 바지 가랑이의 시대를
그러나 나는 읽고 있다.
모두 서둘고, 침략처럼 활발한 저녁
철근공, 십여 명 아낙네, 스스로의 해방으로 사라진 뒤,
빈 공사장에 녹슨 서풍이 불어 올 때
나도 일어서서 가야 한다면
계절은 몰래 와서 잠자고, 미움의 짙은 때가 쌓이고
돌아 볼 아무런 역사마저 사라진다.
목에 흰 수건을 두른 저 거리의 일꾼들
담배를 피워 물고 뿔뿔이 헤어지는
저 떨리는 민주의 일부, 시민의 일부.
우리들은 모두 저렇게 어디론가 떨어져 간다.

밤

밤이 한 가지 키워 주는 것은 불빛이다.
우리도 아직은 잠이 들면 안 된다.
거대한 어둠으로부터 비롯되는
싸움, 떨어진 살점과 창에 찔린 옆구리를
아직은 똑똑히 보고 있어야 한다.
쓰러져 죽음을 토해 내는 사람들의 아픈 얼굴,
승리에 굶주린 그 고운 얼굴을
아직은 남아서 똑똑히 보아야 한다.

밤이 마지막으로 키워 주는 것은 사랑이다.
끝없는 형벌 가운데서도
우리는 아직 든든하게 결합되어 있다.
쉽사리 죽음으로 가면 안 된다. 아직은 저렇게

사랑을 보듬고 울고 있는 사람들, 한 하늘과
한 세상의 목마름을 나누어 지니면서
저렇게 저렇게 용감한 사람들, 가는 사람들,
아직은 똑똑히 우리도 보고 있어야 한다.

이 볼펜으로

시를 쓰는 마음은 다른 마음과는 다르다고
사랑하는 사람들 다른 사람과 다르다고
우리는 배웠어 교과서에서.

이 볼펜으로
사랑을 적기 위하여
한 점 붉디붉은 시의 응결을 찍기 위하여
오늘 밤 나는 다른 마음이 되고 싶다.
좀 멀리 다른 데를 보고 싶다.

그러나 가령 우리가, 죽어 가는 사람들의
마지막 아픔을 지켜볼 때, 그가 과연 견디어 낸 삶이
발버둥과 아우성이라고 느껴질 때,

그는 정말로 죽음을 죽고 있다고 발견됐을 때,

그리하여 그들이 잃을 수 있는 것은
죽음밖에 더 다른 것이 없음을 알았을 때,
죽음뿐으로 다른 삶이 태어날 수 있었을 때,
죽음은 새로움의 밑거름이 되었을 때,

그 크낙한 싸움의 이김을 보았을 때,
힘을 가졌을 때.
나는 다른 마음이 되고 싶은 것이다.

아아 다른 마음은 이토록 나를
얽매이게 하는구나, 나를 더없는 용기로 뭉쳐 주며
그러나 나를 끝끝내 묶어 버리는
시·문화·우리들의 사랑·교과서 따위.

형편없는 술은 쉽사리 사랑을 버리게 하고
쉽사리 삶을 깨닫게 한다.
교과서는 틀린 것도 아니고 옳은 것도 아니다.
그것들은 가르치지만, 그것들은 부지런히 말하고
큰소리로 외치지만,

이 볼펜으로 이 사랑으로 시로

나는 베트남으로 갈 것인가 온갖 것 그만두고
대통령을 할 것이냐 술 마실 것이냐.

되풀이

시를 쓸 때는 언제나 굶주림으로, 술이 깬
다음날 새벽의 목마름으로, 저 혼자 억울한 자유로,
그렇게 나는 나의 예술을 키워 왔다.
내 시는 무디어 칼을 무찌르지 못하지만
어리석게 어리석게 나를 이겨 낸다.

쓸모 없는 사람아, 그대를 나는 몇 번 만났지만
그대를 나는 몇 번이고 잃었다. 미치광이가 된 그대는
그래도 나의 패배를 감싸 준다.
시를 쓸 때는, 언어와 좋은 생각이 나를 배반하고
나를 다시 태어나게 할 때다.

부질없는 탄생은 부끄럽고 어둡다.

얼굴이 붉어 지렁이도 마주 대할 수가 없다.
내 시의 옆구리를 알맞게, 혹은 처참하게 뚫어 줄
힘, 힘의 날카로움, 그것들의 피
끊임없는 그것들이 필요하다.

믿을 수 없는 바다

맨손으로 불을 집는다.
물결 잔잔한 바다를, 손들의 강풍이 크게 일으킨다.
밀려오는, 쇠보다도 단단한 가슴이여
더 큰 외침이여
끝끝내 알몸이 만나는 불과 바다.

이 부릅뜬 사랑
잠자는 땅에 하나 남은 불면이 와서 지킨다.
바람은 지키고 물소리를 지킨다.
그대를 지키고 나라마저 지킨다 비겁한
이마들도 가서 지킨다.

피가 없는 콘크리트 속에

피흘리며 살점이 튄다.
그 철근 속에서도 힘줄이 뻗어 있고 못마땅한
모든 마음에도 내일은 숨쉰다.
더 또렷한 빛이 숨쉰다.

우리들의 외로운 희망이 번뜩이고
고기는 고기의 물을 떠나 육지에서 춤춘다.
오 빛남의 기쁨의 비늘이여 내 팔이여
어디에고 뭉쳐서 쌓인 혼을 보여다오.
한 번만 말을 해다오.

강은교

작품 출처: 강은교 『풀잎』(민음사, 1974)

우리가 물이 되어

우리가 물이 되어 만난다면
가문 어느 집에선들 좋아하지 않으랴.
우리가 키 큰 나무와 함께 서서
우르르 우르르 비 오는 소리로 흐른다면.

흐르고 흘러서 저물 녘엔
저 혼자 깊어지는 강물에 누워
죽은 나무 뿌리를 적시기도 한다면.
아아, 아직 처녀인
부끄러운 바다에 닿는다면.

그러나 지금 우리는
불로 만나려 한다.

벌써 숯이 된 뼈 하나가
세상에 불타는 것들을 쓰다듬고 있나니

만리 밖에서 기다리는 그대여
저 불 지난 뒤에
흐르는 물로 만나자.
푸시시 푸시시 불 꺼지는 소리로 말하면서
올 때는 인적 그친
넓고 깨끗한 하늘로 오라.

자전(自轉) 3

문을 열면 모든 길이 일어선다.
새벽에 높이 쌓인 집들은 흔들리고
문득 달려나와 빈 가지에 걸리는
수세기 낡은 햇빛들
사람들은 굴뚝마다 연기를 갈아 꽂는다.
길이 많아서 길을 잃어버리고
늦게 깬 바람이 서둘고 있구나.
작은 새들은
신경의 담 너머 기웃거리거나
마을의 반대쪽으로 사라지고
핏줄 속에는 어제 마신 비
출렁이는 살의
흐린 신발 소리

풀잎이 제가 입은 옷을 전부 벗어
맑은 하늘을 향해 던진다.

문을 열면 모든 길을 달려가는
한 사람의 시야
허공에 투신하는 외로운 연기들
길은 일어서서 진종일 나부끼고
꽃밭을 나온 사과 몇 알이
폐허로 가는 길을 묻고 있다.

봄 무사(無事)

도시가 풀잎 속으로 걸어간다.
잠든 도시의 아이들이
풀잎의 엘리베이터를 타고
빨리빨리
지구로 내려간다.

가장 넓은 길은 뿌리 속
자네 뿌리 속에 있다.

저물 무렵

저물 무렵 네가 돌아왔다
서쪽 하늘이 열리고
큰 무덤이 보이고
떠나가는 몇 마리의 새
식구들은 다시 안심한다

곧 이불을 펴리라
지난해를 다 바쳐 마련한
삼베 이불이
곳곳에서 펴지리라

나는 헌 옷을 벗고
낡은 피는 수챗구멍에 버린다

곁눈질로 우는 피의 기쁨
뒤뜰에선 오랜만에
꽃잎 떨어지는 소리

마지막 꽃잎도 떨어지고 나면
더 무엇이 살아서 떨어지겠는가
서쪽 하늘이 열리고
네가 돌아왔다
살아 있는 것 모두
물이 되도록
물 끝에 거품으로 일 때까지
성실한 너는 또다시 오라

우리의 적은

우리의 적은
일 센티미터의 먼지와
스무 시간의 소음과
그리고 다시 밝는 하늘이다.

몇 번이라도 되아무는 상처와
서른 번의 숨소리와
뜨거운 손톱.

우리의 적은
전쟁이 아니다.
부자유가 아니다.
어둠 속에서도 너무 깊이 보이는

그대와 나의 눈.

십리 밖에 온 가을도
우리의 눈을 벗을 수는 없다.
가을이 일으키는 혁명도
아아, 실오라기 연기 하나도.
어젯밤은 좋은 꿈을 꾸고
오늘 길을 떠난 아버지여,
그대 없이도 꿈 이야기는 살아서
즐겁게 저문 하늘을 날아다닌다.

그렇다, 우리의 적은
저 끊어지지 않는 희망과
매일밤 고쳐 꾸는 꿈과
불사(不死)의 길.
그리고 아직 살아 있음.

장정일

작품 출처: 장정일, 『햄버거에 대한 명상』(민음사, 1987)

샴푸의 요정

사내는 추리극장이 싫다. 국내 소식이
싫고 운동 경기가 싫고 문제의 외화가
싫다. 안 본다. 그리고 방송 출연하는
많은 다른 여인들이 역겹다. 나는 그녀만을 본다.
여덟 시 반의 그녀를 기다린다. 보시겠습니까
15초 동안 그녀는 샴푸 회사를 위해
광고하지요. 보시겠습니까

그녀는 인사를 잘한다. 안녕하세요
그녀는 미소 띠며 속삭인다
파란 물방울 무늬 잠옷을 입고
그녀는 머리를 감아 보인다. 무지개를 실은
동글동글한 거품이 티브이 화면을 완전히

메운다. 그러면 샴푸의 요정이 속삭이는 거지
새로 나온 샴푸, 당신이 결정한 샴푸라고
향기가 좋은 샴푸, 세계인이 함께 쓰는 샴푸
아마 당신은 사랑에 빠질 거예요
라고 속삭이는 것이지

미용주식회사가 있다. 아시아 굴지의
미용주식회사가 있다. 그리고
우리들에겐 요정이 있다. 현존하는 유일한 요정
매일 저녁 여덟시 반, 티브이 화면을 찢으며
우리 곁에 날아오는 샴푸의 요정. 그녀는 15초 동안
지껄이고
캄캄한 화면 뒤로 사라진다. 여덟시 반
매일 저녁 여덟시 반에는 그녀가
출연하는 광고가 있다. 기다려 주세요

광고가 끝나면 사내는 무기력하게
티브이를 꺼 버린다. 매일 저녁 15초가 필요할 뿐
사내는 사진을 들여다본다. 짝사랑하는
그녀 사진을 사내는 모은다. 방에 붙이기도 한다
흰 이를 드러내고 웃는 모습. 수영복을 입은 모습
승마복을 멋지게 입은 사진을 그는 모은다.
그리고 칼을 대어 잘라 낸다. 샴푸의 요정이

어느 영화에 출연해서 보여 주는
곧 입술이 닿으려는 찰나의 남자 배우 입술을
면도날로 잘라 낸다.

선전 문안이 들끓는 밤 열한 시
나지막이 샴푸의 요정이 속삭이지 않는가
그녀의 노래가 귓전에 맴돌지 않는가.
쓰세요, 쓰세요, 사랑의 향기를
느껴 보세요. 그리고 그녀의 약속이
가슴속에 고동치지 않는가. 오늘 밤
당신을 찾아가겠어요, 광고 속에서
그녀는 약속했었지. 욕망이 들끓는 사내의 머리통

옷을 벗는 요정. 담뱃불 자국이 송송한 소파에
비스듬이 눕는 요정. 신비스레 신비스레
가라앉는 요정. 뜨거운 입술로
이리 오세요 예쁜 아기, 속살거리는 요성
환영이 들끓는 밤 열두 시, 이윽고 샴푸의 요정은
그의 머리를 끌어덩겨
냄새를 맡아 본다. 제가 권한 것을 쓰셨겠지요
물론 그리 하셨겠지요?
o시 삼십 분. 사내는 샴푸가 아닌
다른 이야기가 하고 싶다. 무언가

시도하고 싶다. 그러나 그녀는 실내화를 끌며
얼마나 잽싸게 달아나는가. 참 잘하셨어요
샴푸는 역시 우리 것이 최고랍니다. 계속
애용해 주세요. 분홍빛 잠옷을 끌며
샴푸의 요정은 사라진다. 아아
좀더 있어 주세요! 좀더!

꿈에서 깨어나
사내는 타자기를 두드려 댄다.
딱딱딱딱딱
굴지의 미용주식회사가 있다.
그리고 현존하는 유일한 요정은
샴푸 요정이다.

축구 선수

무지하게 노력했어요 그랬어요
나는 차버리려고 노력했어요
차버리려고 차버리려고 차버리려고
경기장 밖으로 그래요 나는
경기를 중단시키고 싶었어요

노려보지 마세요 나는
뛰고 달리고 고꾸라졌어요
당신이 던진 공을 차버리려고
아니 나는 받아냈어요 당신이 주는 패스를
잘도 받아냈어요

하하 웃는 당신을 이기기 위해

죽도록 노력 노력 노력했어요
그러나 언제나 돌아오는 당신 뻔뻔스런 당신을
다시 걷어찼어요 삶의 뱃가죽이
터지라고 차냈어요

여러분 나는 축구 선수가 아닙니다
그런데 매일 내 발밑으로 공이 굴러듭니다
이글이글 불타 오르는 태양!
아무도 경기를 중단시키지 못할 거예요
아무도 중단시키지 못할 거예요

험프리 보가트[1]에게 빠진 사나이

이해할 수 없다, 라고 그녀는 쓴다
그리고 동글동글한 자신의 필체를 바라보며
그녀는 소리 내어 중얼거린다, 이해할 수 없다
도대체 남편은 몇 겹의 문을 걸어잠그는 것인가
그녀는 남편이 느끼는 삶의 중심으로부터
얼마나 멀리 떨어져 있는 것일까

무엇이라고 말해야 하는가, 라고 그녀는 쓴다
두 명의 남자와 싸워온 칠 년간 그 칠 년간
두 명의 남자와 한 지붕에서 살아야 했던 그녀의 삶
남편이 걸어 잠근 방문 주위를 서성여야 했던

[1]   Humphrey Bogart, 1900~1957. 미국의 영화배우.

그녀의 난처한 결혼 생활. 아무래도 그녀는
남편의 칠 년간을 이해할 수 없다

험프리 보가트에게 빠진 사나이. 라고
그녀는 쓴다. 그리고 계속해서 쓴다
동글동글한 필체로 그녀는 쓴다. 남편은 퇴근해서
저녁을 먹는다. 라고 저녁을 마친 남편은
영사기가 설치된 취미실로 간다. 라고
그녀는 쓴다

남편은 어린 딸의 재롱에 흥미가 없다. 라고
그녀는 쓴다. 매일 저녁, 이것 봐요
당신 아이 노는 모습 좀 봐요. 할 때
남편은 얼마나 심드렁한가. 난
영사기나 손보겠어. 이것 봐요, 할 때마다
난 영사기나 손보겠어

남편은 험프리 보가트에게 미쳤다. 라고
그녀는 쓴다. 그러나 곧 그것을 지우고
험프리 보가트에겐 남편을 매료케 하는 무엇이
있는 것 같다. 라고 고쳐 쓴다. 그리고 이 문장이
완곡하게 표현된 것을 깨닫는다. 그녀는 남편에게
미쳤다. 라고 쓸 용기가 서지 않는다. 하지만

무슨 재미로 같은 영화를 칠 년간이나 본담?
어려운 삶! 이라고 그녀는 쓴다. 그녀는
한참 생각한 다음 〈어려운 삶!〉이란 문구를
북북 지워 버린다. 그리고 다시 쓴다.
〈이해 못할 삶!〉이라고 그녀는 쓴다.
매일 저녁 호기심에 가득 찬 남편이
아직, 누구에게도, 험프리 보가트는, 이해되지 않았다,
고 중얼거리듯이 그녀는 자꾸 쓴다.
이해 못할 삶!이라고

하숙

녀석의 하숙방 벽에는 리바이스 청바지 정장이 걸려
있고

책상 위에는 쓰다 만 사립대 영문과 리포트가 있고
영한사전이 있고

재털이엔 필터만 남은 캔트 꽁초가 있고 씹다 버린
셀렘이 있고

서랍 안에는 묶은 《플레이보이》가 숨겨져 있고

방 모서리에는 파이오니아 엠프가 모셔져 있고

레코드 꽂이에는 레오나드 코헨, 존 레논, 에릭 클랩턴이
꽂혀 있고

방바닥엔 음악 감상실에서 얻은 최신 빌보드 차트가
팽개쳐 있고

쓰레기통엔 코카콜라와 조니워커 빈 병이 쑤셔 박혀

있고

　그 하숙방에,

　녀석은 혼곤히 취해 대자로 누워 있고

　............

　............

　죽었는지 살았는지, 꼼짝도 않고

햄버거에 대한 명상

— 가정 요리서로 쓸 수 있게 만들어진 시

옛날에 나는 금이나 꿈에 대하여 명상했다
아주 단단하거나 투명한 무엇들에 대하여
그러나 나는 이제 물렁물렁한 것들에 대하여도
명상하련다

오늘 내가 해 보일 명상은 햄버거를 만드는 일이다
아무나 손쉽게, 많은 재료를 들이지 않고 간단히 만들 수
있는 명상
그러면서도 맛이 좋고 영양이 듬뿍 든 명상
어쩌자고 우리가 〈햄버거를 만들어 먹는 족속〉 가운데서
빠질 수 있겠는가?
자, 나와 함께 햄버거에 대한 명상을 행하자
먼저 필요한 재료를 가르쳐 주겠다. 준비물은

햄버거 빵 2

버터 1 1/2큰술

쇠고기 150g

돼지고기 100g

양파 1 1/2

달걀 2

빵가루 2컵

소금 2작은술

후추가루 1/4작은술

상치 4잎

오이 1

마요네즈 소스 약간

브라운 소스 1/4컵

위의 재료들은 힘들이지 않고 당신이 살고 있는 동네의
믿을 만한 슈퍼에서 구입할 수 있을 것이다. ── 슈퍼에
가면
모든 것이 위생비닐 속에 안전히 담겨 있다. 슈퍼를
이용하라 ──

먼저 쇠고기와 돼지고기를 곱게 다진다
이때 잡념을 떨쳐라, 우리가 하고자 하는 명상의 첫

단계는
　이 명상을 행하는 이로 하여금 좀더 훌륭한 명상이
되도록
　매우 주의 깊게 순서가 만들어졌는데
　이 첫 단계에서 잡념을 떨치지 못하면 손가락이
날카로운 칼에
　잘려, 명상을 포기하지 않으면 안 되도록 장치되어 있다

　쇠고기와 돼지고기를 곱게 다졌으면,
　이번에는 양파 한 개를 곱게 다져 기름 두른 프라이팬에
넣고
　노릇노릇할 때까지 볶아 식혀 놓는다
　소리 내며 튀는 기름과 기분 좋은 양파 향기는
　가벼운 흥분으로 당신의 맥박을 빠르게 할 것이다
　그것은 당신이 이 명상에 흥미를 느낀다는 뜻이기도
한데
　흥미가 없으면 명상이 행해질 리 만무하고
　흥미가 없으면 세계도 없을 것이다
　　　　　　　　　　．

　이것이 끝난 다음,
　다진 쇠고기와 돼지고기, 빵가루, 달걀, 볶은 양파,
　소금, 후추가루를 넣어 골고루 반죽이 되도록 손으로
치댄다

얼마나 신나는 명상인가. 잠자리에서 상대방의 그곳을
만지는 일만큼
　우리의 촉각을 행복하게 사용할 수 있는 순간은, 곧 이
순간,
　음식물을 손가락으로 버무리는 때가 아니던가

　반죽이, 충분히 끈기가 날 정도로 되면
　네 개로 나누어 둥글납작하게 빚어 속까지 익힌다
　이때 명상도 따라 익는데, 뜨겁게 달구어진 프라이팬에
　반죽된 고기를 올려놓고 일분이 지나면 뒤집어서 다시
일분간을 지져
　겉면만 살짝 익힌 다음 불을 약하게 하여 —— 이렇게 하기
위해서는
　절대 가스렌지가 필요하다 —— 뚜껑을 덮고 은근한
불에서
　중심에까지 완전히 익힌다. 이때
　당신 머릿속에는 햄버거를 만들기 위한 명상이 가득 차
있어야 한다
　머리의 외피가 아니라 머리 중심에, 가득히!

　그런 다음,
　반쪽 남은 양파는 고리 모양으로
　오이는 엇비슷하게 썰고

상치는 깨끗이 씻어놓는데

이런 잔손질마저도

이 명상이 머릿속에서만 이루고 마는 것이 아니라

명상도 하나의 훌륭한 노동임을 보여 준다

그 일이 잘 끝나면,

빵을 반으로 칼집을 넣어 벌려 버터를 바르고

상치를 깔아 마요네즈 소스를 바른다. 이때 이 바른다는

행위는

혹시라도 다시 생길지 모르는 잡념이 내부로 틈입하는

것을 막아 준다

그러므로 버터와 마요네즈를 한꺼번에 처바르는 것이

아니라

약간씩, 스며들도록 바른다

그것이 끝나면,

고기를 넣고 브라운 소스를 알맞게 끼얹어 양파, 오이를

끼운다.

이렇게 해서 명상이 끝난다

이 얼마나 유익한 명상인가?

까다롭고 주의 사항이 많은 명상 끝에

맛이 좋고 영양 많은 미국식 간식이 만들어졌다

허연

작품 출처: 허연, 『불온한 검은 피』(민음사, 2014), 『나쁜 소년이 서 있다』

(민음사, 2008)

칠월

쏟아지는 비를 피해 찾아갔던 짧은 처마 밑에서
아슬아슬하게 등 붙이고 서 있던 여름날 밤을 나는 얼마나
아파했는지

체념처럼 땅바닥에 떨어져 이리저리 낮게만 흘러다니는
빗물을 보며 당신을 생각했는지. 빗물이 파 놓은 깊은 골이
어쩌면 당신이었는지

칠월의 밤은 또 얼마나 낮이 흘러가 버렸는지. 땅바닥을
구르던 내 눈물은 지옥 같았던 내 눈물은 왜 아직도 내
곁에 있는지

칠월의 길엔 언제나 내 체념이 있고 이름조차 잃어버린

흑백영화가 있고 빗물에 쏠려 어디론가 가 버린 잊은
그대가 있었다

　여름날 나는 늘 천국이 아니고, 칠월의 나는
체념뿐이어도 좋을 것
　모두 다 절망하듯 쏟아지는 세상의 모든 빗물. 내가
여름을 얼마나 사랑하는지

내 사랑은

내가 앉은 2층 창으로 지하철 공사 5-24 공구 건설
현장이 보였고 전화는 오지 않았다. 몰인격한 내가
몰인격한 당신을 기다린다는 것 당신을 테두리 안에
집어넣으려 한다는 것

창문이 흔들릴 때마다 나는 내 인생에 반기를 들고 있는
것들을 생각했다. 불행의 냄새가 나는 것들 하지만 죽지
않을 정도로만 나를 붙들고 있는 것들 치욕의 내 입맛들

합성 인간의 그것처럼 내 사랑은 내 입맛은 어젯밤에
죽도록 사랑하고 오늘 아침엔 죽이고 싶도록 미워지는 것
살기 같은 것 팔 하나 다리 하나 없이 지겹도록 솟구치는
것

불온한 검은 피, 내 사랑은 천국이 아닐 것

슬픈 빙하시대 2

　자리를 털고 일어나던 날 그 병과 헤어질 수 없다는
걸 알았다. 한번 앓았던 병은 집요한 이념처럼 사라지지
않는다. 병의 한가운데 있을 때 차라리 행복했다. 말
한마디가 힘겹고, 돌아눕는 것이 힘겨울 때 그때 난
파란색이었다.

　혼자 술을 먹는 사람들을 이해할 나이가 됐다. 그들의
식도를 타고 내려갈 비굴함과 설움이, 유행가 한 자락이
우주에서도 다 통할 것같이 보인다. 만인의 평등과 만인의
행복이 베란다 홈통에서 쏟아지는 물소리만큼이나 출처
불명이라는 것까지 안다.

　내 나이에 이젠 모든 죄가 다 어울린다는 것도 안다.

업무상 배임, 공금횡령, 변호사법 위반. 뭘 갖다 붙여도 다
어울린다. 때 묻은 나이다. 죄와 어울리는 나이. 나와 내
친구들은 이제 죄와 잘 어울린다.

안된 일이지만 청춘은 갔다.

서걱거리다

6호선 갈아타는 삼각지에서 마른 잎으로 서 있는
사람들을 헤치고 간다. 용케도 부딪히지 않으며 용케도
싸우지 않고, 따로따로 서걱대는 나뭇잎들을 보며
신기해한다. 세상에 나와 마른 잎들이 거대한 고독을
만들고 깨우치는 그 통로에서 나 역시 서걱거린다.

서걱이는 마른 잎들에게도 잎의 기억은 남아 있다.
어제였든 아니면 수십 년 전이었든 잎의 기억을 그들은
알고 있다. 사랑을 빨아올리고 혁명을 빨아올리던 잎의
기억. 아무도 쉽게 죽지 않지만 그 대가로 우리는 시름시름
앓았다. 몇은 쉽게 죽기도 했지만 그래도 잎이었던 그날이
아득한데 다들 서걱거린다. 서걱거리기만 한다.

눈물도 말랐다.

물기 머금은 말을 나누었던 잎들이 이제는 서걱이기만
한다.

그러다 가끔 부딪히는 잎들은 부서져 버린다.

6호선 삼각지역

오늘도 몇 잎의 잔해가 흩날린다.

나쁜 소년이 서 있다

세월이 흐르는 걸 잊을 때가 있다. 사는 게 별반 값어치가
없기 때문이기도 하지만 파편 같은 삶의 유리 조각들이
처연하게 늘 한자리에 있기 때문이다. 무섭게 반짝이며

나도 믿기지 않지만 한두 편의 시를 적으며 배고픔을
잊은 적이 있었다. 그때는 그랬다. 나보다 계급이 높은
여자를 훔치듯 시는 부서져 반짝였고, 무슨 넥타이 부대나
도둑들보다는 처지가 낫다고 믿었다. 그래서 나는 외로웠다.

푸른색. 때로는 슬프게 때로는 더럽게 나를 치장하던
색. 소년이게 했고 시인이게 했고, 뒷골목을 헤매게 했던 그
색은 이젠 내게 없다. 섭섭하게도

나는 나를 만들었다. 나를 만드는 건 사과를 베어 무는 것보다 쉬웠다. 그러나 나는 푸른색의 기억으로 살 것이다. 늙어서도 젊을 수 있는 것. 푸른 유리 조각으로 사는 것.

무슨 법처럼, 한 소년이 서 있다.
나쁜 소년이 서 있다.

밤이면 건방진 책을 읽고 라디오를 들었다

오늘의 시인 총서 앤솔로지

2023년 9월 13일 찍음
2023년 9월 20일 펴냄

지은이 김수영·김춘수 외
발행인 박근섭, 박상준
펴낸곳 (주)민음사

출판등록 1966. 5. 19. (제16-490호)
주소 서울시 강남구 도산대로1길 62 5층 (06027)
대표전화 02-515-2000 팩시밀리 02-515-2007
WWW.MINUMSA.COM

© 김수영, 김춘수, 김종삼, 이성부, 강은교, 장정일, 허연. 2023.
PRINTED IN SEOUL, KOREA

ISBN 978-89-374-4594-1 03810

* 잘못 만들어진 책은 구입처에서 교환해 드립니다.

오늘의 시인 총서